U0618477

枣树斋集

张文龙 著

花山文艺出版社

河北·石家庄

图书在版编目（CIP）数据

枣树斋集 / 张文龙著. -- 石家庄：花山文艺出版
社，2024.8
ISBN 978-7-5511-7134-2

Ⅰ. ①枣… Ⅱ. ①张… Ⅲ. ①诗集－中国－当代
Ⅳ. ① I227

中国国家版本馆 CIP 数据核字（2024）第 028107 号

书　　名：枣树斋集
　　　　　ZAOSHU ZHAI JI
著　　者：张文龙

责任编辑：刘燕军
特约编辑：韩玉龙
装帧设计：刘昌凤
美术编辑：王爱芹
出版发行：花山文艺出版社（邮政编码：050061）
　　　　　（河北省石家庄市友谊北大街 330 号）
销售热线：0311-88643299/96/17/34
印　　刷：三河市元兴印务有限公司
经　　销：新华书店
开　　本：880 毫米 ×1230 毫米　1/32
印　　张：10.625
字　　数：256 千字
版　　次：2024 年 8 月第 1 版
　　　　　2024 年 8 月第 1 次印刷
书　　号：ISBN 978-7-5511-7134-2
定　　价：88.00 元

（版权所有　翻印必究·印装有误　负责调换）

天天写首小诗，
锤炼思维健身。

文龙

序\评文龙诗[1]

端木复

随处随心留，随感随笔书。

人间烟火气，鸡毛蒜皮趣。

信手能拈来，自得乐融融。

天南海北事，尽在兄诗中。

---

[1] 端木复，《解放日报》主任记者，上海戏剧家协会理事，上海诗词学会常务理事，上海市白玉兰戏剧表演艺术奖评委。

自序\电视导演的视角

　　坦白说，本人并不擅长诗歌，原本也难得写诗。改变这种状况的，是 2021 年的春天我遇到的一件事。

　　我近四十年的好友——《文汇报》著名记者端木复先生，每天都会通过微信发两句赞美花卉、树木或大自然的诗给我，时而五言，时而七言，充满了文学性和哲理性。其婉约、精美的诗意和典雅、优美的用词，都令我叹服。

　　我的另一位挚友兼文友过子泉是一位造诣颇深的老中医，他也是每天写一首不同题材的诗歌，发在我参与的好几个群里，有时也会将诗歌直接发给我。诗歌的质量暂且不论，但对我来说，这既是一种启迪，也是一种刺激。

　　于是，我尝试着改变自己的习惯，每天一早起来，也搜索枯肠，写出一首五言或七言的绝句形式的古体诗来。

　　这绝对是一个意外的收获！是本人在参加上海市政协之友社、作协等社会活动以外，抓紧一切时间创作小说和剧本，还利用点滴闲暇时间，每天不经意地写一首小诗。经过近三年的小小耕耘，竟然写了近八百首诗。这好比农夫种出了一片稻田，收割的时候，意外地捉到了几大箩筐的螃蟹。

当然，我写诗的目的，主要是玩玩，大多是直抒胸臆，当然也记录了自己在这几年间不同季节、不同境遇之下的些许所见所思所悟。实在没有写作对象了，就拿眼前的食品或器具"开涮"。由于自己在电视台从事电视导演行当至今已整整四十年，所以，我的诗往往比较具象，用我们业界行话来讲，比较有"画面感"。

这些"绝句"，只能说大致押韵，但在诗歌的格律、平仄方面，基本上不大讲究。我知道，这是自己的弱项，若花点儿时间，完全可以把这种局面扭转过来。但是转念一想，我觉得写诗时，如果过分讲究古诗的格律平仄，恐怕会抑制自己思想翅膀的展开、飞翔和情绪表达。所以，这些"绝句"写出来以后，也就随它去了，完全是自己的副业。正因为如此，我就把自己的这些诗称为"古体诗"。

或许有朋友会问，那你为什么不写现代诗呢？

我的回答是：也写过，但自己不太喜欢。毛病在于自己比较老套，不够洒脱。我觉得现代诗往往天马行空，不拘小节，一般不太讲究押韵，句式变化无穷。而我，比较喜欢押韵的古体诗。同时，我也觉得写五言、七言绝句类型的诗，可以让自己的文字比较凝练和简约。

打个不太恰当的比方，现代诗有点儿像豆腐，鲜嫩光滑，食之十分爽口，且容易消化；古体诗像经压缩、控去水分后变成的豆干，比较凝练、耐咀嚼、隽永。当然，这或许是自己写不来现代诗寻找的拙劣借口。

　　我不想将诗写得晦涩、阴暗，或许因为我是 O 型血，我的古体诗，有些很像是打油诗，有点儿像我的性格，热情、阳光、率真。如果有些诗有点儿漫画的意味，这也是我希望的效果。

　　至于以后，还会不会每天写一首诗，我还在考虑之中。现在，先出版一本诗集，听听专家、朋友和广大读者的意见再做决定，用四个字来概括，叫作"抛砖引玉"。

目录

第一辑　歌咏

杨梅·之一

初夏杨梅市，
万世红透紫。
香甜众人喜，
栽树有谁思？

杨梅·之二

颗颗暗红小绣球，
梅季与谁同争秀？
晶莹剔透甜带酸，
日啖百粒亦泡酒。

枇杷·之一

小满天气半晴阴。
仰望枇杷一树金。
今年果熟无人睬，
病毒肆虐是原因。

枇杷·之二

击碎蜜蜡磨成珠，
脆甜串球茂相扶。
日尝此果三百颗，
甘愿长当一农夫。

栀子花

品高树虽矮，
佩此年复年。
玉白妍外净，
幽香暑中仙。

观昙花

友人赠吾卉中神，
昙花偶开似逢春。
冰清玉洁令人敬，
香淡逸飘纯且真。

宅基

篱下群花呈美艳，
条条绾缀紫藤心。
老翁踏露采芦箬，
少妇对镜理翠襟。

菱角

黄梅时节天天雨，
青草池塘处处蛙。
阡陌间巷花花伞，
夏至菱角串串拿。

红菱

昔时街闻卖菱吆，
如今只能菜场找。
红壳白肉嫩又脆，
一上宴桌成佳肴。

茄子

紫黑皮肤类包拯，
光圆头脑似灯泡。
价廉物美庶民爱，
荤素皆友锅里烹。

庭桂

庭桂酿花香有信，
盆荷迎露绿常新。
捧卷吟诵驱燥热，
薄荷煮茶品果仁。

芭蕉

芭蕉丛丛生，
作吾门前屏。
凉风穿进轩，
祛暑驱蚊叮。

无花果·之一

千山花开万树香，
唯独无花不竞芳。
一生心血浆晶蕾，
淡泊素雅立篱旁。

无花果·之二

不与万卉争艳香，
结果无花悄孕芳。
但求健胃益长寿，
清淡品格令人赏。

葵花·之一

更无柳絮因风起，
唯有葵花向日倾。
不畏霜寒相逼迫，
金银品质令人敬。

葵花·之二

花开圆盘仁子结，
果实榨油清如雪。
浑身是宝嗑聊天，
终身向阳意志铁。

蝴蝶兰·之一

多日湿冷垂下头，
搬入阳光重抖擞。
花如玫瑰叶翡翠，
蝴蝶展翅欲飞走。

蝴蝶兰·之二

好友赠吾蝴蝶兰，
绵绵情谊胸中暖。
兰之品性常记心，
蓬荜生辉令往返。

茭白·之一

翠叶森森似剑棱，
柔条松甚比轻冰。
缀些青豆胡萝卜，
脆似嫩笋白如莹。

茭白·之二

翠叶森森剑有棱，
嫩脆如笋不与争。
腹内纯白细而腻，
素菜之中占上风。

西瓜

身穿迷彩似雄兵，
丹心一片献苍生。
男女老少争相食，
防暑解热好名声。

池荷

秋雨潇潇花溅泪，
凭栏觉凉添夹衣。
池荷叶枯如老妪，
鸣蝉歌断疏林里。

月季 · 之一

若玫似薇篱下栽，
绿叶素荣幽香在。
莫嫌细刺伤人手，
自有妍姿引客来。

月季 · 之二

莫嫌绿刺伤人手，
自有妍姿吸人眸。
文艺评论亦如此，
无刺拍马如闻馊。

葡萄

紫红葡萄如绸缎，
红颜凋零秋露漫。
五谷丰登岁将暮，
四海激荡龙腾翻。

芋艿

身披蓑衣污泥埋，
香似龙涎仍酽白。
味若糯糕兼醴酪，
低廉身价惹人爱。

芋头

栗子甘甜美芋头，
老少果腹爱含口。
莫嫌外貌丑如丐，
内心洁白糯且柔。

山芋

藤蔓逶迤贫田爬，
绿叶蒙灰埋地下。
不登宴席身价贱，
却可果腹营养佳。

梨

庭前八月蜜李肥，
一天攀树近千回。
补气润肺祛烦热，
敬奉父母孝心栽。

石榴

别院深深杂草青，
石榴开遍透帘明。
颗粒晶莹似紫钻，
宛若秋夜满天星。

莲子·之一

敢向濂溪称净植，
不随残叶堕寒塘。
其芯皓白如璞玉，
心诵爱莲岂嫌长？

莲子·之二

出于污泥而不染，
花中仙子献果盘。
颗颗白糯香浓郁，
静心安神众喜欢。

莲子·之三

白亮小球如珠玑，
粒粒藏在莲蓬里。
既可煮粥亦入汤，
香糯细腻人人喜。

金橘

颗颗金黄似巨珠，
绿叶素荣挂满树。
纷纭宜修颜色好，
祛痰止咳润肺腑。

橘熟

菊暗荷枯一夜霜，
金黄挂枝耀目光。
虽有酸涩怕初尝，
高洁品质屈子赏。

啖榴

石榴花开香满园，
火苗跳跃绿林间。
如同珍珠光芒闪，
瓤肉甘甜令人馋。

啖瓜

残云收夏暑，
暴雨带秋岚。
潜水感肤冷，
啖瓜始觉寒。

慈姑

慈姑叶烂别河湾，
莲子花开犹未还。
画匠醉心丹青乐，
岂知暑去面秋寒。

菊思

秋来觅菊远郊走，
松下清泉石上流。
墨客爱坐枫亭晚，
梅松之志毕生求。

雅梨

梨边风紧雪难晴，
千点耀眼照溪明。
百鸟南飞烟树邈，
惠予苍生洁性赢。

南瓜

几条柔蔓绕柴门，
从不缠绵驻玉盆。
品质金黄甜略带，
既可果腹又补身。

火龙果

红袍脱下露冰肌，
黑子如麻甘若饴。
滋润肠胃护肝脏，
貌似关公可为师。

赞荷

荷花蔽池塘，
又见采莲忙。
出泥而不染，
心志在远方。

冬瓜

耀眼黄花夏秋陈，
霜皮露叶护绿身。
生来笼统君休笑，
腹大如佛容百人。

爱菊·之一

并非花中偏爱菊，
此花开尽更无花。
大雁南飞秋风紧，
独自面寒展芳华。

爱菊·之二

秋菊多姿不畏寒，
裹露掇英风骨现。
文人墨客爱此花，
撰写描绘乐无限。

生姜

形似老翁枯槁手，
土黄灰暗皮肤皱。
去腥祛寒用途广，
家家拥有喜心头。

姜片

脆嫩鹅黄泡糖醋，
治疗胃寒四季服。
早吃生姜晚食卜，
郎中见了定会哭。

姜汤·之一

深褐辛辣甜姜汤，
驱寒热身清胃肠。
乍暖还寒难将息，
空腹饮它保健康。

姜汤·之二

生姜甘草加红糖，
煎熬之后成褐汤。
暖胃祛湿驱风寒，
饮过顿觉精神爽。

红薯·之一

满园荒草没佳蔬，
远种墙角无架护。
不与群芳争艳娇，
蒸得果腹半是薯。

红薯·之二

世上珍果常评判，
无补饔飧亦自惭。
抗风经雨少照顾，
物美价廉成美谈。

橘·之一

菊暗荷枯一夜霜，
绿叶衬橘照林光。
追吟屈子当年颂，
教诲如雷响耳旁。

橘·之二

万木凝霜寒风紧，
绿树庭橘似悬金。
孩童争攀摘此物，
酸甜佳果亲友品。

柚

青惜峰峦过，
黄知柚子来。
降糖又降压，
白菜价亦哀？

柿

柿叶翻赤霜景秋，
碧天如水倚红楼。
玲珑剔透惹人爱，
默默无声耀田畴。

黄瓜

黄瓜悬架村路香，
拌上醋蒜美味尝。
感恩张骞游西域，
带回此物惠家乡。

玉米

皮肤剥落珍珠露，
粒粒晶莹赛稻谷。
甜糯果腹可酿酒，
粮中宝物煮便熟。

闻桂

玉颗姗姗下月轮，
疑为嫦娥撒与人。
馨香扑鼻游子醉，
忆及慈母泪沾巾。

金桂

疑是嫦娥月宫醉，
戏将黄云搓揉碎。
遍撒人寰香弥漫，
无数金屑注满爱。

桂花·之一

桂树婆娑影，
浓香满院行。
慷慨撒金屑，
品性任人评。

桂花·之二

小区桂子月中落，
甜馨四溢享者多。
干花最宜汤圆煮，
掀盖满屋香腾挪。

惜花

朝迎旭日晚迎霜，
摹写菊花不觉忙。
唯恐夜深花睡去，
闭窗忧君体着凉。

柿饼

冬来霜降柿甜糯，
呼啸寒风叶渐疏。
果实火红惠大众，
晒成干饼软且酥。

豇豆

豇豆翠青柳条长，
日增毫厘炫屋旁。
此物可与五花煮，
滴入醇醪诱八方。

葫芦梦

葫芦虽小藏天地，
伴我飞行云雾里。
收起污秽净寰球，
偶尔灌酒醉在地。

丝瓜·之一

数日雨晴秋草增，
攀上瓦墙数瓜呈。
不挑水土易存活，
甘作常蔬惠民生。

丝瓜·之二

苗条绿装是丝瓜，
引蔓攀篱绽黄花。
价廉味美市民喜，
不与山珍争高下。

核桃

餐风饮露至深秋，
锃亮如金挂枝头。
壳硬肉香能益智，
反哺百姓稻粱谋。

菊赞

纵美不挤百花丛，
独立疏篱迎北风。
时常寄情驾鹤人，
甘愿赴汤煎壶中。

青菜·之一

绿叶葱荣白玉身，
暴晒雪压适屈伸。
村口菜市皆贱卖，
日随百姓情最真。

青菜·之二

绿叶青筋白玉托，
不与珍馐争餐桌。
价廉物美惠平民，
大方现身不嫌多。

松

细叶凋青翠，
群芳娇容碎。
唯见松屹立，
不为冰雪溃。

杨柳

袅袅柔情逾旖旎。
愁云笼罩情侣离，
执手相握泪汪汪，
互吐衷肠重逢期。

松柏

岁寒知后凋，
雪压如垒堡。
品格人敬仰，
不骄评价好。

太阳花

虽无蜂蝶绕芳丛，
不求雅赏发由衷。
向往光明乃天性，
风吹雨打均看空。

赞芹

绿叶玉枝婷婷伞，
四季馨香淡淡然。
去病强身万家人，
百姓常选桌上餐。

迎春花

迷你小花开园圃，
星星点点花蕊吐。
金黄静谧发幽香，
示人可启踏春路。

谢友人枇杷

枇杷来自攀枝花，
黄金颜色蛋般大。
酸甜可口质细腻，
情谊感人谢谢啦！

樱桃

获赠樱桃一小桶，
果肉厚实皮鲜红。
甜而不酸口感好，
深情厚谊暖胸中。

番茄

见名就知来西方，
可以炒菜可做汤。
也能当作水果吃，
色泽红润富营养。

蚕豆

其实与蚕不相干，
绿壳包娃藏其间。
田园阡陌皆可种，
味道可与肉比肩。

圆椒

衣分绿黄红，
不会辣乎乎。
可以塞肉糜，
炒菜味更浓。

西蓝花

原产欧洲西蓝花，
绿色食品人人夸。
益肾补虚能止痛，
炒菜入汤都有它。

荸荠

形似灯笼皮黑紫，
肉脆且嫩含甜汁。
可当水果能入菜，
堪称江南一美食。

红枣

红衣褐肉裹硬核，
物美价廉煮粥喝。
入药健体能活血，
年年秋收无数颗。

枣树

不争桃李林亦繁，
助民活血御冬寒。
叶小皮皱似嫌丑，
制轴战车坚称冠。

睡莲

睡莲其实并非床，
亮丽风景供欣赏。
姿态优雅甘陪衬，
出淤不染甚坦荡。

桑葚

黑里透紫小果实，
略甜带酸民喜食。
营养丰富益肺肾，
多年未见好友赐。

水仙

晨曦迎客艳东窗，
绿叶玉花漫幽香。
根茎只需饮清水，
寒冬百花汝称王。

水仙吟

根如蒜瓣叶如兰，
花似有眼向阳转。
仅仅喂以清白水，
郁郁葱葱香发散。

水仙赞

潜水成骨玉为肌，
借水开花成一奇。
文人墨客皆喜种，
敬其高雅众人师。

橄榄

生食橄榄先颦眉，
又苦且涩食无味。
细细咀嚼满口甘，
九制之后味更美。

问梅

花圃经腊已凋残，
独尔艳丽众人观。
汝身柔弱非钢铁，
为何承雪不畏寒？

楠木赞

耐得寂寞长古原，
楠木扎根断崖边。
百年风雨栋梁就，
儿女栽培也亦然。

兰花

兰生幽谷如青草，
友植邻园飘芬芳。
解秽醒脑不张扬，
细叶不畏冰雪霜。

竹林

江南青竹林，
清丽美树荫。
万众赏高节，
永世抱贞心。

紫藤

紫藤攀挂旧篱笆，
缺乏艳丽几人察？
花小叶密隐歌鸟，
一生暗香幽然发。

蜡梅

皮帽厚袄送旧岁，
忽见雪中一枝梅。
幽香扑鼻寒不惧，
虽艳默然迎春来。

芹菜

玉茎碧叶似花伞，
淡淡幽香亦泰然。
清火祛病有功效，
惠及百姓四季安。

香蕉·之一

美如弯月又似钩，
南国廉物全天候。
甜香细糯质如玉，
笑对寒风健康走。

香蕉·之二

腹曲弯肚皮蜡黄，
剥开细糯营养装。
平民蔬果人人爱，
咬上一口甜又香。

竹笋

青山石土扎深根，
节直心宽叶壮魂。
脱下蓑衣白又嫩，
腌笃鲜煮味纯真。

橙

绿叶素荣年纷缊，
精色内白好风韵。
圆果锃亮富营养，
低调价廉品质纯。

高粱

身高节硬柱擎天，
碧叶舒伸绿沃田。
穗红串串多珠粒，
酿成醇醪醉酒仙。

荔枝

友人端午荔枝赠，
核如枇杷壳红缯。
瓤肉晶莹赛冰雪，
浆汁甘酸似蜜羹。

白菜

平淡一生无求索，
素衣穿身朴实多。
价廉四季最常见，
百姓乐购常上桌。

毛豆

抱珠盈荚乐万家，
饱粒归仓把油榨。
莫道卑微非贵族，
赐福美誉满天下。

青松

仿佛轻云皎月漫，
飘摇绸缎着婵娟。
酷暑严寒淡定处，
从容不迫立百年。

草莓

花开如白雪，
果熟红心似。
从不攀高枝，
酸甜如酪醴。

山药

长有胡须外裹泥，
粗看棍棒似武器。
细腻白脆富营养，
滋补内脏强身体。

萝卜吟

密壤深根蒂微青，
精色内白霜饱经。
价廉物美百姓喜，
富商贵妇轻其好。

萝卜

白色透亮味辛甜，
个大配角也心甘。
自嗟身价如草芥，
远胜人参营养全。

大蒜

叶若幽兰身白玉，
辛辣气味冲斗牛。
排毒去秽担重任，
大众餐桌每日求。

苦瓜

消炎排毒数苦瓜，
眉头紧蹙品尝它。
身价卑微食之爽，
清心祛暑第一瓜。

绿豆

绿豆熬粥亦做糕，
煲汤祛暑莫烧焦。
颗粒细微不自鄙，
世间美物勿小瞧。

百合·之一

百合开花如佛手，
孤芳清淑量大走。
文人诗书万卷读，
绿豆同煮带节奏。

百合·之二

天气酷热已成势，
防暑祛病须除湿。
绿豆莲心加百合，
热天之中须常食。

赞蚕豆

不倚豪宅植路边，
黑黄花开边角田。
低调入锅胜荤菜，
青葱咸菜伴更鲜。

黄豆

黄豆长成燃豆萁，
籽粒饱满似珠玑。
百姓终年喜食用，
营养丰富健体肌。

啖荔枝

世间珍果长天涯，
冰雪肌肤罩绛纱。
酸甜美味超醴酪，
如今想食买回家。

啖苹果

洛川苹果脆又甜，
小寒过后食几片。
补充体内维生素，
疫中康复精神满。

杉树

十载成材耐苦寒，
直挺之木为美杉。
默然无语折腰弃，
文人理应当标杆。

梧桐

暑月金红如火钩，
梧桐扇叶盼清秋。
倘若寒风来临早，
落叶安能总降愁。

敬桃农

桃子粉红压枝垂，
品质高贵获捧追。
采购车辆排长队，
瓜农视之笑微微。

练塘茭白

友人练塘赠茭白，
细嫩无比赛荤菜。
伴以酱汁和糖浆，
诚挚友情扑面来。

水蜜桃·之一

宫廷贡果水蜜桃，
初夏无锡南汇找。
鹅黄透红蜜汁多，
日啖三颗已感饱。

水蜜桃·之二

香清粉红暮春风，
蝶翅蜂须伴此生。
水多汁蜜胜百果，
陪衬寿星福气增。

赞桂花

绿叶素容没气派，
无尽馨香秋自来。
从未自卑如米小，
却学牡丹次第开。

菊

秋风萧瑟九月八，
菊花开后百花杀。
魔都处处溢幽香，
百姓精神尽芳华。

红梅

落日天寒分外红，
百花次谢畏冰冻。
山崖独立傲风雪，
任妒红梅香郁浓。

花随歌行

红藕残荷池水秋。
夕阳轻雾罩渔舟。
一路山歌冲霄外，
花成知音随舸流。

葵花赞

不似墙草随风摇，
葵花向阳享光照。
待到秋季献公众，
喷香果仁拇指跷。

樟树

青青院中樟，
饮露日溢香。
冬寒衰万物，
唯见汝油靓。

无花果树

每年仲夏枝挂满，
层枝绿叶圆果繁。
此树乃为岳父赠，
先人栽下后辈啖。

榴颂

秋虎尚存倚簟清，
石榴高挂透帘明。
采来一枚解饥渴，
紫珠生辉亮心灵。

樟颂

樛枝平地虬龙走，
夏炙冬寒精神抖。
朴实无华透体香，
百虫不蛀千岁寿。

砀山梨

皮黄个大如菜瓜，
汁多微甜粗有渣。
价廉引来广销售，
平民百姓喜欢它。

猕猴桃

其实与猴不相干，
形如土豆貌穷酸。
四季水果百姓爱，
营养丰富价低廉。

韭芽

形如面条色嫩黄，
宜与荤菜唱双簧。
气味浓烈亦鲜美，
宴席之上惠八方。

赏樱

多日烟雨笼江南，
浇灭踏青心愿难。
驱车赏樱亦快捷，
窗上花瓣已满沾。

草头

蔬菜之中绿最好，
叶小鲜嫩多油烧。
出锅滴点浓醇醪，
美酒香溢味更妙。

洋葱

个似苹果着紫裳，
体味浓烈超葱姜。
百姓烹饪好食材，
去腥降脂菜肴香。

白玉兰

冬去春来白玉兰，
纯洁无瑕缀树间。
沙尘难改好品质，
一生将汝放心田。

甘蔗

形似竹竿皮青紫，
归属水果可榨汁。
炼成砂糖惠万众，
每天与汝如相织。

8424[1]

南汇西瓜球样圆，
瓤肉红润细又甜
籽少汁多味清爽。
夏令解暑可夺冠。

---

[1] 8424 是西瓜的品种。

泪伴籽

碧蔓日晒卧软沙，
红瓢黑籽绿西瓜。
今夏赖汝除心苦，
吞泪吐籽君可察？

上海蜜梨

蜡黄暗绿难看皮，
上海产梨遭质疑。
岂料脆嫩肉似雪，
酸甜可口赛鸭梨。

杨梅酒

非为解忧饮此酒，
消化紊乱立马休。
每年暮春酿此物，
防止腹泻不再愁。

红糖姜茶

红糖售罄看不懂，
生姜立马价上拱。
相煮益彰驱疫毒，
中医疗法很管用。

酸辣菜

沪上喜食酸辣菜，
白菜砂糖拌红椒。
香脆微辣很开胃，
吃过之后还想要。

酱瓜

早饭佐餐为酱瓜，
又鲜又脆老人夸。
当今后生偏西食，
吾辈啖此成奇葩。

锅巴

土灶天天产锅巴，
多种零食依靠它。
微焦香脆老少喜，
悠闲茶点一奇葩。

沙拉

沙拉本是西方菜，
最早引进在上海。
春节不再老八样，
西餐入席众青睐。

榨菜

可谓第一下饭菜，
百姓出国不忘带。
清爽微辣特开胃，
根茎食品人人爱。

面包

此种主食来西方，
千变万化爱品尝。
制作方式大不同，
国人果腹靠米粮。

大列巴

美味面包大列巴，
核桃葡萄内里夹。
略硬坚实不太甜，
西式早餐一大咖。

咖喱

咖喱本是舶来品，
调味丛中成上宾。
常与牛肉作绝配，
放入鸡肉味亦灵。

红烧肉

浓油赤酱红烧肉，
男女老少喜食它。
放些笋片百叶结，
一上餐桌常秒光。

冷面

冷面迎接暑到来，
麻酱豆芽加荤菜。
夏至时节成风俗，
凉快美食人人爱。

牛肉面

邻家新开小面馆，
清晨行完尝一遍。
几片酥肉加香菜，
又鲜又辣葱饼伴。

芝麻花生糖

孩提喜食芝麻糖，
困难时期成梦想。
如今美食铺天地，
担心血糖难得尝。

青团

清明节前买青团，
绿色外皮豆沙馅。
此物甜糯含柔情，
祭奠祖宗寄思念。

薏米绿豆汤

薏米祛湿乃补品，
绿豆枸杞百合拼。
费时煮烂放冰糖，
盛夏喝它可静心。

八宝饭

江南名点八宝饭，
糯米白糖豆沙馅。
拌上猪油味更佳，
表面还需嵌蜜饯。

卖糖粥

笃笃笃笃卖糖粥，
糯米红枣浓又稠。
每天吆喝在街巷，
幼时记忆跃心头。

烧卖

形似小笼和生煎，
常见面皮包酱饭。
糯米肉糜加笋丁，
江南美食广流传。

菜包

上海菜包乃一绝，
馅子青绿不可缺。
拌以豆干和麻油，
味美爽口难以学。

汤团

桂花豆馅裹胡桃，
糯米磨粉清水淘。
后生更爱包鲜肉，
勿忘敬老放寿桃。

八宝粥

大米莲子加红枣，
薏仁枸杞拌核桃。
降糖祛湿健脾胃，
每晨食之身体好。

汤圆

鲜肉荠菜不可少，
豆沙桂花拌核桃。
糯米水磨成泥状，
汤圆啖之乐陶陶。

酒酿

煮好糯饭放小缸，
酒药发酵帮大忙。
放入纯水撒桂花，
焐热两天闻酒香。

蝴蝶酥

小辈送我蝴蝶酥，
奶油香浓营养富。
诗兴逸飞似插翅，
呷口咖啡开思路。

鲜花饼

玫瑰花瓣竟成馅，
芬芳馥郁醉心田。
形如月饼白无瑕，
友人馈赠情无限。

腊八粥

开锅便闻百果香，
赤豆薏米不加糖。
团坐叙旧相继啜，
情谊如粥暖心肠。

年糕

腊月购年糕，
因其黏性高。
春节最凝聚，
团圆乐陶陶。

馄饨

形如元宝白玉皮，
包裹菜肉好滋味。
每逢新年煮此物，
勿忘葱花和虾米。

切糕

幼时遇贩卖切糕，
唯见剖分敲钢刀。
各种坚果蜜拌成，
色彩斑斓味道好。

食粽

桂花豆馅裹粽箬，
鲜肉蛋黄卖得火。
每逢端午必品食，
屈子情愫不可忘。

粽子

原本用以悼屈子，
寄托爱国好情怀。
如今成为一美食，
春夏秋冬均有卖。

早餐·之一

榨菜煨蛋大饼香，
八宝米粥油条长。
传统早餐七十载，
身心健康著文章。

早餐·之二

早起喝粥啖豆包，
精力充沛江边跑。
百舸争流鸥鹭飞，
迎接晨曦赏波涛。

腐乳 · 之一

喜爱早餐唉一块，
色白细腻鲜味追。
留香终日荤不碰，
百姓下饭好口碑。

腐乳 · 之二

中国特有下饭菜，
鲜美香糯红与白。
地域不同名反转，
晨起亮相汝餐台。

豆腐

旋转磨上流琼浆，
煮沸起衣美味尝。
刀剖豆腐无瑕玉。
胜过肥肉海鲜汤。

月饼

华人风俗吃月饼，
千里婵娟嵌心灵。
悲欢离合可忘怀，
亲友互祝共康宁。

"心太软"赞

糯米入枣蒸片刻，
晶莹剔透盛瓷盘。
民间相处须心软，
酥软甜香暖胸端。

松子山楂糕

既能开胃又美味，
红黄搭配色泽美。
观赏视频品零食，
无忧无虑健脾胃。

条头糕

十几厘米条头糕，
赤豆馅嵌糯粉包。
形如玉柱粘桂花，
洁白柔软赛香蕉。

宫保鸡丁

嫩滑鸡脯和大葱，
甘辛酸香盛盘中。
浓油赤酱闻世界，
全球人民味蕾同。

崇明糕·之一

糯米蜜饯拌核桃，
味甜香醇嵌红枣。
百食不厌防粘牙，
沪上名点颇地道。

崇明糕·之二

无比黏稠崇明糕，
红枣松子加核桃。
趁热切块放冰箱，
蒸后主食耐咀嚼。

雪糕

天气暴热吃雪糕，
顿时清凉胃口好。
耳边似闻吆喝声，
当年小贩拍箱叫。

药酒

人参泡酒加山药，
枸杞黄芪不可少。
教孙名篇解童书，
抿醪诵诗晃头脑。

品茶

秋茶垂露细，
寒菊带霜甘。
香茗清肺腑，
诗兴逐浪翻。

饮茶

赤日炎炎饮热茶，
奈何暑烦文思卡。
茶水微碧似湖水，
入肚成海思路发。

普洱茶·之一

看似烙饼黑褐茶，
茶马古道化石查。
降低三高亦消食，
养生保健仰赖它。

普洱茶·之二

黑褐枯屑如药渣，
将砖扯开泡成茶。
消食降脂健脾胃，
万茶之中一奇葩。

茶叶

绿红橙黄黑白紫，
高山平原均有产。
一年四季采撷忙，
润肺保健饮至酣。

咖啡·之一

喷香褐色比肩茶，
年轻白领爱咖啡。
并非喝了成贵族，
提神醒脑仰赖它。

咖啡·之二

外来饮品为咖啡，
喝过心灵易放飞。
年轻白领甚宠爱，
长饮血糖高相陪？

陈皮·之一

可泡茶来可蜜饯，
止咳降脂让胃健。
相貌丑陋似枯叶，
市场受宠价不贱。

陈皮·之二

可作蜜饯亦药膳，
弃物利用美名传。
宝贝自然价不菲，
投入好茶香溢满。

酱煨蛋

不放茶叶占多数，
老抽砂糖味之素。
煮熟鸡蛋割点缝，
烹成咖色健康助。

百叶

包裹荤腥可打结，
亦称千张如宣纸。
一年四季上餐桌，
营养美味众人喜。

物华天宝

绚丽杏李水蜜桃，
更有莲藕红菱角。
祛暑自有天赐品，
上苍安排真周到。

公鸡

头上红冠军旗裁，
浑身金黄将士在。
引颈一唱太阳升，
脖羽竖起战狼态。

雁南飞

穿越北国避雪霜，
江南美秋竟弃赏。
执意飞至好望角，
鸿雁奈何每年忙？

雁阵

丹桂虽谢香犹在，
秋菊怒放瓣呈黛。
纤鳞泳池尚潇洒，
雁过长空人阵态。

蛙叹

昔暮蛙声围楼闹，
今暑蛙鸣沉寂了。
并非偷懒闭歌喉，
无奈高温存活少。

鸽子

冬来有灰鸽，
停吾南窗口。
玉米撒连连，
徘徊不愿走。

白鸟

白鸟振翅奋，
斗寒真精神。
腾挪多自在，
羡煞观江人。

鸥

喧鸥覆江畔，
杂英已不见。
江风冷刺骨，
南飞令人羡。

眺雁·之一

枯叶互相埋，
黄知橘柚来。
乡思不堪悲，
眺雁将头抬。

眺雁 · 之二

秋风吹瘦湖中莲，
映波云白朗晴天。
迎霜柿树殷红叶，
游子眺雁难入眠。

老骥

风烟绿水天山峡，
篱落紫茄黄豆家。
老骥胸怀千里志，
飞来边寨沐晚霞。

蟋蟀

促织甚微细，
哀音何动人。
唆其撕同类，
扪心当自问。

虫鸣

夜阑起身聆虫鸣，
似在交流避暑经。
都叹酷夏时太长，
全祈秋季收成灵。

赞牛

日出既耕在山坡，
回家还需拉石磨。
拒荤食草吞糠粉，
一生辛苦无求索。

耕牛

背负青天耕大地，
日斜草远不停息。
日复一日年连年，
牛劳牛饥谁悯惜？

悯牛

日出农夫牵牛跑，
耕地间隙喂牛草。
后生不悯骑牛回。
老翁割草喂牛饱。

蚊子·之一

夏蚊无齿嘴如锥，
闻味胖人拼命追。
饕餮吸汝五口血，
见到旭日方巢归。

蚊子·之二

细脚尖嘴几蚊虫，
叮痒难以入梦中。
今年酷暑生存难，
蚊子乏力再俯冲。

巨轮

花开梅树白鸥追，
草长江畔苍鹭飞。
风和日丽客如织，
夕阳金波巨轮归。

龙舟

龙舟威武直奔东，
海鸥绕飞喜陪同。
两岸高楼纵目望，
情侣脉脉执手中。

游艇

密雨长下夏意浓，
江畔彩灯变朦胧。
游艇甲板有伞客，
猜楼都付笑谈中。

电动汽车

电动汽车驰天下，
降排智能人人夸。
续航水平已大增，
取代油车就是它。

碗盆

碗盆用于装饭菜，
每日三餐仰赖你。
默默陪伴度一生，
敬仰之心埋心底。

筷子

长短不盈尺，
餐炊全靠它。
成双配合用，
能胜刀和叉。

餐巾纸

旧时抹嘴靠手绢，
如今换尔四十年。
家家桌上有汝在，
其实用途很广泛。

木屐

幼时凉鞋为木屐，
街上时闻嗒嗒踢。
如今此物已不见，
各色拖鞋皆软底。

电蚊拍

小小拍子舞蹁跹，
噼里啪啦清房间。
如今市民弃蚊帐，
用它灭害助睡眠。

宣纸

可以绘画可写字，
龙飞凤舞效果异。
成名成家谈何易，
天赋悟性加努力。

书橱

陋室最挤数书架，
层层叠叠伴年华。
既有苦读书万卷，
又闻典籍香比茶。

书籍

人类进步一阶梯，
自我修养靠它提。
人生短暂与其伴，
胜过酒肉风月迷。

台灯·之一

照亮诗书光耀屋，
学习书写精神补。
光区虽小现宇宙，
助汝走好人生路。

台灯·之二

台灯夜读书千卷，
积淀供写数十年。
经风经霜志不改，
笔耕不辍仍优先。

绘扇

日照绿叶似黄金，
书窗敞开透竹林。
焚香驱蚊房虽小，
绘扇出彩赖静心。

毛笔

身为竹竿头羊毫，
蘸墨抒发己情操。
龙飞凤舞童子功，
坚韧苦练字才好。

墨汁

从前写字磨砚台，
如今书法墨汁来。
墨水差异虽不大，
写上宣纸质分开。

青花瓷

青花瓷器众喜欢，
茶壶花盆加菜盘。
高贵淡雅集一身，
家中无它非常难。

木桶

木桶一尺高，
天天供烫脚。
别嫌其貌丑，
泡后睡得好。

挂脖扇

形似耳机挂脖扇，
徐徐凉风驱暑缠。
携带方便昼夜用，
男女老幼福气满。

自来水

净水来自青草沙，
城市经济仰赖它。
珍惜节约勿忘记，
天天炊饮加洗涮。

第二辑　感时

小满

小满天高苦菜黄，
枇杷满树假山旁。
焚香摇扇驱蚊子，
心静吟诗祝福康。

初夏

万树葱茏昼特长，
竹摇清影晃幽窗。
忽热忽凉易感冒，
出门勿忘带衣裳。

夏景

舍前庄稼繁，
池塘荷叶翻。
文人学垂钓，
不厌鸟鸣烦。

晓

春水浪涌惊燕雀，
夏荷身侧戏虾鱼。
蜻蜓点水沾枇杷，
蝴蝶踞窗观妆女。

晨思

旭日破雾放光彩，
清飙掠林散芳馨。
锦衣绸裤佩香囊，
啖粽环顾坐榭亭。

端午

端午时节临仲夏，
惠风和畅日渐长。
紫梅番茄呈书房，
丹青宣纸摆桌上。

迎暑

黄梅腻难遣，
幽馥暑中寒。
姿雅妍而净，
品高不一般。

梅雨

湛湛浦江去，
密密梅雨来。
花沾色更鲜，
品茗心胸开。

夏至

忆在壮年日，
常摆夏至筵。
杯箸不停歇，
彻夜友情侃。

雨归

丝丝梅子熟时雨，
漠漠楝花开后寒。
囊内诗书无意读，
抱孙撑伞把家还。

夏浓

绿树荫浓夏日长，
亭台倒影入池塘。
蜻蜓蝴蝶躲幽处，
唯闻蝉虫诉衷肠。

夏阳

太阳初升光赫赫，
千山万岭赤彤彤。
长城奋起抖精神，
两岸亲情更密浓。

雷雨

地煮天蒸盼雨风，
天空雷暴半圆虹。
挥摇扇汗步阡陌，
近观荷塘色味同。

仲夏

江南仲夏天，
蛙声如管弦。
花香飘四野，
蜻蜓立荷尖。

心愿

酷暑盼茯苓,
冰镇似琥珀。
吾欲快递赠,
冀友成凉客。

衷肠

仲夏嫌夜短,
扉开纳微凉。
频饮降暑热,
畅聊吐衷肠。

驱暑

六月连三伏，
人间如焰炉。
蜜桃友人赠，
唉之暑气无。

夏衰

苍梧叶落山憔悴，
翠荷凋残湖渐瘦。
天公撕云抹汗水，
地母迎风接凉秋。

热夏

荷风送香气，
竹露滴清响。
沪上如火炉，
妇孺空调爽。

秋收

不堪枯叶稻割田，
又见凉风暮雨天。
半载辛劳喜收获，
重将经受寒霜缠。

秋酌·之一

秋来江南可采莲，
会友对酌莲叶间。
菱角脆嫩与豆炒，
鲜虾鳝丝老白干。

秋酌·之二

蛙鸣池塘满，
细草长阶间。
仰看秋梨重，
对酌已红颜。

白露

白露秋风到，
残荷半倾倒。
数月为君妆，
如今化泥淖。

秋老虎

秋后原野日渐凉，
焉知余热重张狂。
妇孺无奈躲林荫，
老迈袒胸摇扇忙。

重阳

昨日登高罢，
举觞诗兴发。
重阳祈友康，
思谊细品茶。

秋露

十月一过绿叶枯，
月如弯弓露成珠。
游子倚扉望星空，
远涉重洋思返途。

立冬即景

塞外大雪草被埋，
江南雁来人阵排。
浦江高楼披白霜，
路人将头服中埋。

小雪

露凝霜重菊倾欹，
群雁过尽小雪时。
行客匆匆归如箭，
慈母念子几人知？

初冬

冷风剪断枝头叶，
寒气拂碎潭中月。
行客羽服保体温，
靓女裹巾疾行越。

大寒

冻月厚阴犹在殢，
四野薄雾寒千里。
红梅怒放春将临，
采购年货急步履。

大雪

厚褥垫棕绷，
仍觉衾枕冷。
夜深未见雪，
惊吓飙车声。

冬居

荤素相配盛碗盘，
用餐常祈亲友安。
寒风瑟瑟逢冬日，
窗外罗浮带雪看。

冬阳

葳蕤已萧疏，
落木盖马路。
喜迎无云日，
冬阳暖房住。

岁暮

朔风劲且强，
明月照寒墙。
衾冷不能寐，
开机暖卧房。

晴冬

太阳露脸光赫赫，
万千高楼抹金色。
逐退群星与残月。
翁妪晒日无穷乐。

元旦

杲杲金光入窗户，
已把春联覆旧符。
紫气东来祥云绕，
子孙绕膝忧全无。

寒

北风呼啸申江喧，
冰凌无声树上悬。
窗上已现霜花影，
车轮打滑迷蒙天。

焐雪

月黑雁遁逃。
御寒裹厚袍。
申城多冬暖
风雪勿怒号。

冬酌

雪飘寒水月笼沙，
夜邀好友进酒家。
申城沐雪迎新春，
畅饮多醪不嫌杂。

笑寒

暮雪飘飘落申城，
最难将息是湿冷。
好友欢聚频举觞，
担忧气候跃升猛。

腊月

冰雪割肌肤，
雅兴荡然无。
皮草嫌不暖，
哆嗦围火炉。

迎春·之一

子夜忽闻爆竹响，
醒来方知梦一场。
温情火山又喷发，
不日探亲会友忙。

迎春 · 之二

粉色樱花遍花园，
无限春风驱严寒。
病毒终与忧同退，
百业兴旺共期盼。

过年

无有爆竹岁照除，
春风送暖入窗户。
男女老少走众亲，
人人照面送祝福。

虎年

寒雨雪兼落，
今岁虎巡逻。
威武又精神，
万难均可破。

立春

初三寒雨冷飕飕，
翌晨艳阳暖江流。
立春万物均苏醒，
老骥踏青享自由。

春来

寒舍扫除万尘销，
几炷清香飘九霄。
万物复苏送残腊，
人生好运自今宵。

夜思

秋露来临桂花落，
月明星稀乌鹊多。
收取金屑酿美酒，
嫦娥舒袖舞婀娜。

惊雷

风吹旷野纸鸢飞，
樟树叶茂春草翠。
熬过严寒迎清明，
惊雷常闻夜难寐。

盼阳

申城冬雨润如酥，
草色遥看近却无。
元宵闹过春将至，
金色阳光大地铺。

晾衣

春节冬雨来加盟，
最难将息是湿冷。
晾衣三日尚不干，
穿在身上冰冻猛。

春雨

疾风细雨江明霞，
撑伞漫游水满颊。
海燕无惧似飞箭，
邮轮驰过浪碾压。

寻春

胜日寻春浦江滨，
无数归鸟啼唱新。
万紫千红缀大地，
魔都日日显温馨。

春暖

绕树新燕啄春泥，
万花吐蕊让人迷。
碧湖野鸭白鸟戏，
暖土浅草遭马蹄。

秋临

天天暴雨造秋天，
空调关闭铺床单。
开窗迎来东海风，
不料桂香竟抢先。

复忙

晨曦晓霭风尚凉，
农夫据单瓜果装。
通衢已见车马行，
包粽又为端午忙。

夏吟

噪蝉飞鸟莺啼晚，
叶底石榴花正鲜。
高树风过晓还密，
远山晨启雾腾翻。

秋风

萧瑟秋风临浦江，
白云朵朵天气爽。
车水马龙百业兴，
阡陌金黄稻谷香。

入梅

申江雨密涛茫茫，
曾忧入梅湿天长。
岂料风和日又丽，
魅力重振如朝阳。

夏至之忧

昔日夏至全不同，
忧雨忧风愁煞侬。
如今农商盼来客，
急盼烟火快快浓。

躲暑

市郊友宅竹千竿，
清风徐来酷暑寒。
品茗惯看古今事，
更有冰瓜祛暑烦。

暴雨·之一

昨日忽惊雷破天，
唤来暴雨似飞湍。
路人无暇来躲避，
任凭凉水冲热衫。

暴雨 · 之二

赤日未消扇驱暑，
蝉鸣亦将热控诉，
黑云引来骤雨浇，
老天怜悯百姓苦。

暴雨 · 之三

风狂雨横八月暮，
苍天无计留夏住。
凉风习习暑遁了，
敞开窗棂读名著。

暴雨・之四

黑云压城暴雨下，
冲灭暑热时机佳。
期待雨后现彩虹，
申城最美夕阳斜。

大伏

两月难扛赤日炎，
热浪滚滚灼五官。
平生难遇入此夏，
翻卷躲进空调间。

暑夜

夏夜温高避暑难，
灼热无奈聒噪蝉。
幸好小楼有空调，
静心气爽翻史篇。

大暑之叹

赤日何时过？
凉风无处找。
整天太慵懒，
避暑开空调。

暑雨

黑云压城城显虚，
大伏时节降暴雨。
灼热被遏清风来，
惊见弃伞众男女。

暑忆

童年摇扇驱烦暑，
藤椅竹床弄口铺。
时时期盼穿堂风，
山胡声到天见曙。

热浪·之一

晚风吹热百花蔫，
流萤赖窜鸟休闲。
金蝉栖树鸣无力，
翁媪藏身空调间。

热浪·之二

近日天天遇热浪，
马路人稀车躲阳。
商业中心避暑地，
人满为患海浴场。

热浪·之三

暑气袭来难抵挡，
空调房间当天堂。
少去户外防中暑，
常喝冰镇绿豆汤。

三伏

三伏挥汗闯马路，
如入烤箱无躲处。
滚滚热浪扑面来，
高温烘蛋似神助。

酷暑之叹

炎炎热浪炙心头，
动辄便觉汗直流。
自来水出也觉烫，
浓荫之下扇难收。

申城热夏

浦江灼伤忍痛流，
岸树叶蔫显弱柔。
蛙蝉无力叹息少，
广场舞歇老妪愁。

迎秋

梧桐瑟瑟雨声低，
促织隔墙鸣叫稀。
均因今夏太炎热，
世上万物生不息。

雁恼

申城秋来风景异，
浦江雁去无留意。
只因伏天太煎熬，
树枯草焦难着地。

秋望

茱萸房前雨霏微，
申城逢秋凉渐回。
登上南浦两岸望，
申城魅力抖擞归。

中秋夜

秋风不信荷枝弱，
圆月映衬桂婀娜。
毛豆芋艿相伴炒，
家人欢聚笑声多。

秋思

荷花菱角满池塘，
岸边老妪舞霓裳。
梅花汹涌滂沱至，
中秋之后雨夜长。

秋色

大雁遥向秋色飞，
云霞远去浪涛微。
高楼目送巨轮去，
浦江百里千浪追。

摄秋

绯霞簇锦日西斜，
幽径花丛旗袍哆。
秋景旖旎心放飞，
手机快门已按下。

见秋

初见征雁掠申江，
千幢高楼目送忙。
萧瑟秋风渐发力，
河蟹已见诸菜场。

寒露

日暮寒晖染江桥，
大雁南飞一路号。
风摇柴门犬狂吠，
杜康暖肚乐陶陶。

秋逝

雨打芭蕉寒潮来，
忍看满地桂花泥。
群芳湿透凋朱颜，
落木任踩亦可哀。

秋寒

一阵秋雨一阵寒，
寒凝大地锁夏苑。
又见天际雁南飞，
料定冷冬已不远。

秋冀·之一

深秋落木芳草疏，
寒风望月宇宙孤。
但见伏枥老马在，
咀嚼枯草迈征途。

秋冀 · 之二

今秋晴朗暖阳长，
天亦酬勤慰衷肠。
百姓冀盼迎盛世，
复兴中华各担当。

深秋之景

深秋晓雾路途迷，
北来鸿雁缓南离。
寒风萧瑟多落叶，
万花凋零碾作泥。

冬阳

晨起开扉客厅亮，
晴云蓝天暖阳光。
断崖冷妖躲何处？
走出阴霾心情爽。

三九吟

寒天阳红催日短，
风浪涌蹿至云端。
放平心绪面三九，
笑候春风归江南。

暖冬

腊月江南天气好，
感叹冬暖似春华。
市民脚踏萋萋草，
超市热卖哈密瓜。

湿冬·之一

如同身在蒸笼中，
湿气竟与云峰同。
漫天水雾缠汝身，
晾干衣服不放松。

湿冬·之二

浦江烟雨莽苍苍，
太阳远躲厚云上。
衣物久晾湿乎乎，
何以解忧唯杜康。

春寒

最难将息倒春寒，
冬衣围巾一应全。
早出老少在哆嗦，
惠风和畅不日还。

春晨吟

惠风和畅赖春阳，
阴霾层叠挡日光。
无奈螳臂久乏力，
破云而出暖洋洋。

春光

终于迎来美春光，
千里江南百花放，
惠风和畅心飞扬，
祭拜祖宗不应忘。

春叙

天气渐暖换春衣，
垂柳吐芽景旖旎。
越陌度阡桃花艳，
契阔谈宴叙情谊。

春阳

旭日东升光满厅，
金色暖阳喜充盈。
寒冬病毒均远去，
笑对未来饮香茗。

清明

清明当天并无雨，
老天体恤民祭需。
莫道上苍无感情，
狂飙远去春风徐。

泪雨

大风密雨袭清明，
恐为意念助天行。
三年祭祖未如愿，
如今心泪先发兵。

夏雨

夏雨荡涤千树绿，
万楼崔嵬浦江前。
百舸扬帆跨东海，
鸥鹭伴随成江烟。

雨中入梅

终于面临黄梅季，
绵绵细雨不停息。
雾霾茫茫天灰暗，
心情开朗除湿气。

黄梅天

沪上黄梅将来临，
潮湿闷热难将息。
虫豸横行霉万物，
太阳露脸当珍惜。

度梅

滴滴答答何其湿，
江南黄梅难将息。
全天衣服晾不干，
樟脑防蛀应备齐。

大暑未烤

多亏江南暴雨浇，
大暑到来未蒸烤。
可惜马路洪水漫，
汽车蜗行被水泡。

感秋·之一

暑热专躲空调房，
出门热浪烘脸庞。
近日出门汗少了，
原来秋天来身旁。

感秋 · 之二

终于无须开空调，
萧瑟秋风如期到。
勿忘添衣避夜寒，
咳嗽还要啖梨膏。

立秋 · 之一

终遇三伏尽，
直面立秋临。
热浪依然猛，
还需空调拼。

立秋·之二

立秋明月夜，
最忧是扬州。
悟空从天降，
定让瘟神愁！

美秋

穿花蛱蝶腾跃见，
点水蜻蜓已飞乱。
惠风和畅美醉人，
世间深秋最灿烂。

秋分吟

明月无瑕照万楼，
秋风拂面冷飕飕。
翁媪出门夹衣裹，
健康不让子孙愁。

冬晨

冷云层层蔽朝阳，
市民蒙被睡得香。
寒星高悬直颤抖，
老夫披袄书华章。

暖冬

大雁南飞寒应来，
惠风和畅秋云白。
穿件单衣可外出，
百姓冀盼寒冬回。

冬来

沪上终于寒冬来，
厚袄皮草帽中埋。
四季分明还是好，
火锅烈酒上桌台。

第三辑　探幽

绘景

邻家赠酒自屋醉，
采尽枇杷满树金。
妇孺边啖边摇扇，
围观老朽绘山林。

村野

草头蛱蝶黄花晚，
菱角蜻蜓翠蔓深。
垂钓岂厌鸣鸟噪，
醉看晨雾水面腾。

采菱·之一

船动湖光潋滟秋，
菱角尝鲜口水流。
脆嫩略甜让人喜，
令吾忘情随舸游。

采菱·之二

采菱淀湖侧，
玉面不关妆。
风生浪未息，
渔歌绕耳旁。

郊趣

冰轮翠竹惊鸟鹊，
清风拂面闻鸣蝉。
抚琴吟诵遣烦事，
听取蛙声响彻天。

竹荫

竹深树密虫鸣处，
时有微凉清风来。
老汉袒胸倚竹榻，
持书晃脑心结开。

江月·之一

明月别枝惊噪鹊，
清风半夜抚鸣蝉。
浦江逐浪现闸蟹，
东山杨梅蒙紫烟。

江月·之二

浦江波涛连海平，
江上明月共潮生。
灯景超亮赛白昼，
嫦娥拉云双眼蒙。

觅静

木槿花开畏日长，
时摇绸扇离绳床。
铺纸泼墨绘山景，
心静自凉盖印章。

退思

和气吹郊野，
梅雨洒绿田。
申江灯光秀，
游子舞蹁跹。

吟诗

解衣乘夕凉，
扉敞闻桑香。
荷摇送清气，
吟诗入梦乡。

祈语

晴云轻漾熏风无，
开樽避暑争相向。
梦中上海雪花飘，
偕友夜游静观浪。

品茗

纷纷红紫已作尘，
布谷声中夏令新。
蝉鸣引来蛙交响，
慢抿龙井舌生津。

池塘

斜飞墨燕掠湖面，
六月池塘添雅韵。
铺纸挥毫绘洁莲，
倾心美景祈佳运。

铺稿

焚香消溽暑，
荷芰爽风输。
习习去烦恼，
临轩诗稿铺。

晨曲

夜后陪明月，
晨来面彩霞。
沏茶饮数杯，
文思顿迸发。

翻书 · 之一

薄荷花开蝶翅翻，
风枝露叶百花繁。
摘来一束绿豆煮，
凉爽翻书解暑烦。

翻书 · 之二

晓牧侵星大暑天，
昼寻芳树绿荫眠。
忽闻东海飓风来，
躲进书斋看籍篇。

画荷

动息汗流珠，
无风可涤除。
遁入空调间，
描荷画纸铺。

听蛙

碧蔓凌霜卧软沙，
年年暑至食西瓜。
晴空万里阳光晒，
妇孺摇扇听噪蛙。

剥菱

红菱连剥嫩，
浓煎白茶芽。
垂钓荷池畔，
临风忘日斜。

探幽

会友兴高回晚舟，
观荷撷藕探湖幽。
晃头吟诵品文心，
惊起蒹葭一行鸥。

山景

蝉噪林逾静，
鸟鸣山更幽。
人疲昏欲睡，
暴雨又浇楼。

夜上海

滔滔江畔遍灯树，
缀有亿万夜明珠。
两岸高楼如天阙，
美轮美奂醉魔都。

观雨

香超桃李花枝颤，
鲜艳天真月季俏。
风息雨停云高淡，
露来荷衰景美妙。

竹景

竹深树密虫鸣处，
时有微凉东海风。
老夫喜迎子孙聚，
莲心绿豆盛瓷盆。

流星

银烛秋光冷画屏，
轻罗小扇扑流萤。
笑看流星划空过，
共剪窗花话厚情。

江南

露彩朝还冷，
云峰晚更奇。
江南立秋到，
树上子规啼。

垂钓·之一

秋露洗明月，
青山涌冰轮。
小湖微波白，
收网仗酒醇。

垂钓·之二

故乡春来滋百草，
阡陌金黄遍菜花。
老夫垂钓临荷风，
寻觅诗魂抿香茶。

学竹

咬定青山不放松，
只缘扎根破岩中。
秉德刚正腰直挺，
简单寡欲总从容。

笔耕

炎炎暑退夜渐长，
阶下丛莎有露光。
老夫早起铺稿纸，
畅游忆海写文章。

醒曲

暑去秋来昏睡榻，
日高人渴漫思茶。
无心忍看残荷貌，
忆旧搜肠诗兴发。

酿诗

湖光秋月两相望，
潭面无风一片黄。
伏热未消人憔悴，
慢行阡陌酿诗忙。

挥汗

皆云大暑如汤釜，
岂料秋虎亦难伏。
摇扇挥汗搜枯肠，
磨墨挥毫宣纸铺。

笠翁

竹喧先觉雨，
山暗已闻雷。
云碎遭瓢泼，
笠翁躲雨灾。

书房

原祈秋后日渐凉，
焉晓余暑仍逞狂。
树荫乞风汗如雨，
为求心静躲书房。

躲进书房

书籍浩瀚如好药，
善读如同获良方。
翻卷意在明道理，
怕阳最好躲书房。

写作

明月浦江照，
天气晚来秋。
趁凉阅史书，
乐此笔不休。

望星空

长风万里送秋雁，
沙田千亩金菊艳。
游子披衣望星空，
似见慈母做针线。

迁徙

炎炎暑退秋夜长，
阵阵金风送凉爽。
五谷丰登鱼蟹壮，
又见雁阵飞南疆。

思源

五月杨梅市，
千年项羽祠。
鲜甜众人喜，
栽者有谁思？

焚香

春华秋实路漫长，
金桂迎来百花芳。
仰望雁阵思婵娟，
九州一统点祈香。

吾心

蕙兰秋露重，
兼葭冰雪冻。
吾心如磐石，
脸颊红彤彤。

故里

秋风萧瑟浪涌起，
寒鸦惊慌寻枝依。
慈母倚门眼欲穿，
游子何时返故里？

心浪

北风江上寒，
叶落雁南飞。
游子归乡志，
日夜掀巨澜。

希冀

蕙兰秋露寒，
兼葭摇手欢。
亲友共长久，
全球共婵娟。

庭趣

紫燕双飞小庭静，
几缕紫烟萦水井。
枯叶纷飘吻北原，
雪猫戏扑风花影。

看江

金灿群菊沐晚风，
耸霄楼宇耀国红。
扶妻携幼眺黄浦，
喜看九州五谷丰。

读书

倚波群荷容渐瘦，
冷意连绵吹满袖。
垂钓江边甚悠闲，
掩合书卷闻浪奏。

渔歌

寒色暮天映兼葭，
秋风阵阵撒桂花。
渔歌唱晚似天籁，
如醉如痴聚彩霞。

自得其乐

溪流渺渺净涟漪，
鱼跃鱼潜乐自知。
回顾人生多感悟，
觅寻真谛日吟诗。

长夜

秋风萧萧月明朗，
落叶纷纷鸦惊嚷。
游子远离已数年，
思归心切嫌夜长。

倒影

稻熟鱼肥柿子黄，
浦江清波百里长。
两岸倒影美轮奂，
羞煞天云与月光。

丰收

秋风万里跑，
日暮彩云高。
亿畴五谷丰，
百姓颇自豪。

幽怨

滴滴霏霏无间息，
密雨喧竹西风急。
灯暗簟凉盖薄被，
思君未归忧雨袭。

愁

冬风劲吹浪涛抖，
原野萧瑟枯叶厚。
高楼寒来亦战悸，
慈母思儿已很久。

攀山

破月衔岳夜空寒，
流星划过亦耀眼。
七十匆匆如在梦，
老朽每日诗篇产。

观潮

风推海浪覆渔舟，
江送秋波水上流。
自古人生多跌宕，
晚来观潮如履畴。

踏景

老夫踏景秋水畔，
鸂鶒滩头风浪乱。
渔舟唱晚棹声闻，
饮酒闲聊有伙伴。

落日

落日江山丽，
初冬碾稻米。
雁阵云里穿，
慈母柴门启。

余晖

夕阳无限美，
不畏寒风摧。
魔都披金甲，
登高览余晖。

夕照

秋色苍翠水潺湲。
倚杖木扉听寒蝉。
浦江余晖托落日，
夜幕霓虹舞翩跹。

夜归

日暮高楼远，
天寒孤月悬。
小区闻犬吠，
白领把家还。

沪雪

白雪总嫌浦江暖，
故绕申城洒几番。
魔都福地有傲骨，
权以湿冷作寒暄。

晨鼓

日照江畔梅欲绽，
爬堤螃蟹攀犹酣。
巨轮驶过千鸥绕，
翁媪腰鼓不畏寒。

澎湃

千羽翔鸥逾洁白，
两岸高楼云中来。
苍松翠柏在乎冻？
游客流连观景台。

观塔

黄浦江上观桥塔，
千仞琴弦天地挂。
魔都每日交响奏，
环顾棚户变大厦。

观江思

日照浦江添金黄，
岸边飘来百花香。
今年申城春来早，
盼疫速灭庆辉煌。

江边霓虹

雁逐斜阳过九霄，
彩霞如火跨江桥。
几重秋色抹两岸，
万余霓虹染涌潮。

江边歌咏

秋风萧瑟波浪涌，
翁媪江边练歌咏。
五星红旗随乐挥，
爱国之情已拉动。

杲云

杲杲日出浦江畔，
芸芸众生迎元旦。
百年初心应坚守，
朗朗苍穹天在看。

灯舟

广袤江南寒意漫，
蒹葭群芳颤堤岸。
黄浦江上灯舟过，
入云高楼霓虹灿。

农田

篱落遥见金点绿，
幽境生香采瓜女。
秋至田园丰收图，
皆因春夏汗如雨。

小池

小池莲叶碧相连，
叶下金鱼追赶欢。
映日荷花别样红，
惠风和畅心舒坦。

望南浦·之一

宛若竖琴立浦江，
秋来寒至弦凝霜。
巨轮默默桥下过，
江畔情侣不觉凉。

望南浦·之二

云收雨过波浪添，
塔高车多艇争先。
浦江精神重抖擞，
万众自强笑亦甜。

觅诗魂

惯看楼下芭蕉影，
又闻墙角蟋蟀声。
皓月当空怅寥廓，
为觅诗魂数寒星。

钓鱼

日暮高楼远，
垂钓浦江寒。
鱼近心欢跳，
路人来围观。

童忆

月明人静漏声稀，
飞梭不停木织机。
千丝万缕纺细布，
外婆自身穿补衣。

晨练

北风吹脸地见冰，
寻馆早餐天未明。
不觉移步浦江畔，
晨练男女也真拼。

举觞

风清月朗游船轻，
冬夜尽兴需酒精。
举觞畅饮叙往事，
驱寒增暖漾友情。

生机

寒鸦避雪揪揪飞，
万树冬来气息微。
风前莫仿惊鸥散，
不老苍松显生机。

街景

叶落枝疏幽径深，
树冠不存难成荫。
行人疾走羽服裹，
姹紫嫣红无处寻。

归心

江轮踏浪映绿林，
鸥鹭绕飞似弹琴。
申城千楼万重雨，
难灭游子归家心。

书屋

大寒冬愈浓，
江畔客已空。
焚香躲书屋，
读卷忘北风。

和过子泉

子泉无声现车流，
沿途顺风奔溪口。
会聚精英振中医，
惠及百姓壮志酬。

伏枥

深秋落木芳草疏，
寒风望月苍穹孤。
但见伏枥存老马，
咀嚼枯草迈征途。

朝习

粥香馒白腐乳添，
搁笔推窗品简餐。
病毒未停秋已老，
每日砥砺创新篇。

灯影

桥塔斜拉弦奏曲，
群楼霓虹眼福需。
巨轮激起千层浪，
灯影摇晃似龙须。

咏爽

夏日修枝人剪发，
烟火重归雀喳喳。
一扫愁容精神爽，
千里之志重焕发。

故乡

小麦奉奉长金黄，
芳草牛闲卧夕阳。
大治河畔绿成片，
入梅未雨汗汪汪。

书海

书海划鳍何惧浪，
天高振翅任翱翔。
好学无涯志千里，
笔耕不辍游四方。

心静

蝉鸣带交响，
蛙声亦帮腔。
热浪滚滚来，
心静自然凉。

夜笛

谁家竹笛夜飞声，
散入万家漫申城。
如泣如诉比羌曲，
似怨今夏无凉风。

游泳

跳入泳池酷暑除，
透过巨窗眺南浦。
千楼高耸群峰立，
万云飘过似招呼。

乡趣

河边老翁收渔网，
村姑剥莲心情爽。
顽童划桶采红菱，
嘻嘻哈哈吴音响。

晚游

游艇一路驶南浦，
凉风吹来解心堵。
高楼林立镇波涛，
晚霞如锦漫天舞。

乘凉

暑热两月终结束，
沐风观江享凉福。
七彩游轮压细浪，
八方来客性情舒。

抹汗

芳华零落散一地，
路树疲惫叶堆积。
全球变热环境差，
弯月抹汗怨暑欺。

晨雾

黄浦江上晨雾浓，
摩天大厦依稀中。
各地游客纷沓至，
景象竟与黄山同。

台风将至

菡萏香销绿叶残，
台风突至浪波间。
本想脱暑逸多日，
岂遭暴雨降熬煎。

眺江

台风过后白云稀，
浦江楼宇变白皙。
游客撑伞观美景，
巨轮游艇信步移。

临窗观江

连日暴雨湿窗帘，
秋至簟凉人慵懒。
申江卷起九尺浪，
狂风怒吼天昏暗。

人生

幼时天天盼过年，
新衣好菜压岁钱。
如今古稀心淡泊，
健康乐观加锻炼。

游子愿

明月别枝惊诸鸟，
秋风子归啼到晓。
霜降将见雁阵呈，
游子夙愿何时了？

夜难静

夜深无眠秋渐凉，
梧桐叶落溢清香。
申城叫卖早绝迹，
唯有飙车惊梦乡。

风夜

梅花骤雨袭浦江，
百姓一夜惊恐尝。
晨起日丽愁颜破，
魔都重闻艳阳香。

踩叶

推窗远眺云墨色，
秋晨酿雨方式特。
市民带伞去上班，
都成匆匆踩叶者。

秋湖即景

碧波荡漾日西斜，
荷残风起惊鹊鸦。
老翁披蓑忙垂钓，
媪妪提箪送酒蟹。

观水

醒来常见灿星寒，
老来笔耕并未断。
闲暇信步观江水，
捕来灵感注笔端。

晒太阳

梅花傲雪释暗香，
绝爱严冬万瓦霜。
复阴重回旧生活，
无比欢欣晒太阳。

遮日

老来喜欢晒太阳，
岂料乌云来遮挡。
人间万事亦如此，
排除干扰天晴朗。

雪景

楼船夜雪浦江渡，
防滑草垫桥上铺。
纵有美景无心赏，
情人墙边人全无。

严冬一瞥

风寒地冻天青苍，
长云淡淡遮暖阳。
小区水景结薄冰，
竟有锦鲤慢徜徉。

雨水絮语

雨水润物细无声，
乌雀北归鸟语增。
春风又度黄浦江，
百舸争向全球奔。

烟雨·之一

乍暖还寒难将息，
江南烟雨堪称奇。
抖擞精神创业去，
姹紫嫣红景可期。

烟雨·之二

茫茫烟雨锁浦江，
寒风萧萧褪春光。
百姓坚信暖将至，
添衣带伞赶路忙。

寒雨

春雨潇潇下不停，
百鸟怨鸣倾耳听。
均盼天气早变暖，
无奈雨淋寒如冰。

游归

江南朝雨浥轻尘，
长假归来精神爽。
全球风光漾胸中，
青春气息溢脸庞。

晨园

春寒已被柳条欺，
朝阳万箭射绿地。
姹紫嫣红夜雨浇，
百鸟迎夏歌声啼。

书法

教孙书法心欢畅，
优良传统怎能忘？
墨海乌黑天地宽，
华人智慧内中藏。

夜阑

久住江畔闻船笛，
夜阑卧听风雨啼。
揭帘俯瞰黄浦浪，
唯见游轮靠岸堤。

江南烟雨

江南烟雨令人烦，
密密麻麻下整天。
旷野被涂暗灰色，
浦江美景看不见。

疾雨

孟夏疾雨如空调，
浇灭暑热缓叶焦。
男女老少乐开怀，
文人心静诗兴高。

游平湖

金秋携友游平湖，
如来桃源享清福。
建筑现代民风淳，
赏遍胜景唯叹服！

秋江

秋江水寒鸥先知，
成群结队捕虾吃。
外滩眺望增美景，
绕轮三匝恋沪痴。

漫步

早晨起床即刷牙，
口腔清新神焕发。
漫步江畔览美景，
鸥雁无数翔天涯。

第四辑　杂兴

自嘲

人至七旬不服老，
笔耕不辍踏征道。
与其敷衍享清闲，
偏向文山觅珍宝。

自乐

梨蜜岁年熟，
榴红时节好。
青春似已回，
笑乃养生宝。

瓜趣

南瓜北方长，
冬瓜夏市上。
木瓜非木料，
西瓜东方尝。

友聚

笋丁豌豆炒虾腰，
鸡鸭肉鱼均不少。
对酒当歌聚院亭，
激扬诗兴如波涛。

示儿

小饼如嚼月，
中含豆沙酥。
情深胜美食，
有你乃吾福。

故乡叹

水光潋滟湖见底，
惠风和畅美且奇。
申城自古得天佑，
晒干愁容忙晾衣。

送"烟花"[1]

阴霾消散秋已生，
遥看折荷忆雨声。
脱下蓑衣去垂钓，
又牵老牛赴田耕。

"烟花"后思

雨骤风狂千尺涛，
泽国生死薄如纸。
天灾忽降无桃源，
为利缘何拼至死？

---

[1]"烟花"是 2021 年夏台风的名称。

飓风

飓风狂怒吞堤坝，
古树电杆被吹趴。
骤雨斜侵万户窗，
亦降伏燥与惊怕。

黛玉

蕙蕊秉烛玉泪垂，
蹙眉素手葬花卉。
当年林妹今安在？
已与嫦娥月中飞。

念亲

风透朱帘秋拂面，
湖上晚舟摇荷莲。
江南丝竹掀心海，
游子念亲思翩跹。

思儿

满宫明月梨花白，
游子万里隔重山。
慈母扶门唤儿名，
重洋之外可听见？

贺画展

粗微浓淡漫馨香。
群龙砚海翻巨浪，
羡煞九州书画界，
清墨礁内奇才藏。

笑"灿都"[1]

好似昆仑崩绝壁，
恰如浓墨泼寰宇。
遭遇魔都成纸虎，
夜遁哭言赴他屿。

---

[1] "灿都"为 2021 年夏的台风名。

惜粮

田畴水涸稻穗垂，
农夫返家饮酒水。
岂忘伏天汗滴土，
惜粮古训永相随。

归根

夜静天籁听，
叶落似秋霖。
枯木知归根，
游魂怎放心？

慈母愁

黑云翻墨罩群楼，
白雨如沙射眼眸。
卷地西风掀巨浪，
游子可悟慈母愁？

崇明游

金屑醅浓吴米酿，
糯糕红枣核桃香。
勿忘捎带白羊肉，
蜜橘芦粟乌蟹黄。

新疆行六首 [1]

其一·创业

九月风吹寒遍野，
刮落树海三层叶。
行人裹衣缠围巾，
各自创业步履捷。

其二·参观"百里油田" [2]

戈壁大风沙砾走，
百里竖井频磕头。
离乡别亲居荒漠，
乐为中华献石油。

---

[1]2021年深秋，我被上海作协派往新疆克拉玛依讲学。
[2] 写于克拉玛依玛湖"百里油田"。

其三·油田抒怀

塞外秋至风景异，
孤烟日圆油井臂。
羌笛声声赞胡杨，
燕然未勒归无意。

其四·棉花

寂冷戈壁滩，
洁白花开遍。
真心暖寒士，
笑迎抹黑战。

其五·返沪

塞外风紧传雪信，
已闻北国裹白银。
申城露重寒侵骨，
披袄撰文求意新。

其六·忆新疆行

西风劲吹芦花晃，
戈壁云疏胡杨黄。
克市郊外魔鬼城，
仙斧神工美名扬。

同窗

大学同窗何处在?
浇花时见雁南徙。
四十载前苗条貌,
当下子孙应绕膝。

节奏

申城天气晚来秋,
高楼灯影江上流。
马路喧嚣埋落叶,
靓男倩女凌晨休。

抖擞

申江潮水连海平，
鸥燕随波百里行。
五洲巨轮停海港，
魔都抖擞皓月明。

风怒

怒号兼昼夜，
山海为颠蹶。
酷暑全驱净，
酣眠冷透骨。

沙尘暴

黄霾莽莽沙尘暴，
姹紫嫣红被雾罩。
人类应该猛惊醒，
治理碳排环境保。

台风吟

台风扫寰宇，
满目欲归心。
上海得天佑，
临轩仍抚琴。

裙装

霜降碧天澄，
秋深烟尘腾。
女娃无畏冷，
着裙为摩登。

参悟

积帙列梁栖，
晓读圣人语。
悟参其内涵，
调整吾思绪。

念子

攀上苍山日影微，
寒鸦孤立群雁飞。
农夫惆怅望穹宇，
慈母噙泪盼子归。

观钧钧

吃张大饼盼个圆，
范儿十足前程宽。
来年定成小学霸，
思如趵突衣锦还。

观夜剧

申城冬云挟雨来，
枯叶任踩亦可哀。
行客匆匆皆厚裹，
热情掌声涌舞台。

游客

晴日暖风驱寒气，
绿荫幽草胜花时。
千楼俯瞰舸争流，
江畔游人缓缓移。

叹息

悠扬钟声黄浦夜，
耿耿星河欲曙天。
江畔已少观光客，
游子归来叹连连。

母子

风雨潇潇催冬寒，
雁雀翅湿远飞难。
游子思乡望天宇，
慈母惦儿步蹒跚。

常态

今朝轻雾天气寒，
米粥糯甜又好看。
包子鸡蛋加腐乳，
打开电视览书刊。

慰信

除夕迎新年，
慰信抵亿元。
共祝身体好，
来年福翻翻！

老有所为

钻研学问无遗力，
少壮功夫老始成。
伏枥毋忘千里志，
创作不辍时发声。

赞女足·之一

弯弓征战似骁男，
反败为胜铸史篇。
扫荡亚洲无敌手，
已令男足愧且惭。

赞女足·之二

坚韧不拔胜须男，
铿锵玫瑰值敬赞。
国足何日能雄起？
心事浩茫思翩跹。

申城之雪

申城瑞雪难得飘，
纷纷扬扬似鹅毛。
半晌一过化为水，
冷过放晴愁绪抛。

冬奥夺金

冰刀乘风踏雪飞，
中华儿女扬国威。
十年苦练成果现，
夺冠国旗映朝晖。

情人墙

外滩安存情人墙？
跨越世纪已沧桑。
群楼俯视无风月，
情侣览胜挺大方。

赞上图东馆

嵯峨高层崛新楼，
世间藏书罕有漏。
群贤毕至少长集，
申城才俊期造就。

微信·之一

聊乐在微信，
佩玉怀所钦。
纵论天下事，
公道在人心。

微信·之二

推开窗扉秋风动，
立获微信意万重。
亲友问候暖脑海，
期盼未来家兴隆。

家聚

满院蜡梅迎雪雨，
端来汤团如白玉。
壬寅开局冀丰年，
觥筹交错庆欢聚。

盼腾跃

胜日寻芳浦江滨，
惊叹美景年年新。
万象升平应腾跃，
吸引精英来领军。

自说自话

《浪迹天涯》五游子，
为活精彩拼才智。
岂知世间浪诡谲，
秉善心纯创佳绩。

好兆

冬日艳阳开局好，
瑞雪丰年已显兆。
五谷丰登农人喜，
经济提升步步高。

祈福

飒爽英姿斗北风，
辣辛入腹韵尤浓。
祈福癸卯诸事顺，
疫遁体壮各业丰。

便餐

湿冷被驱迎阳光，
家中顿觉暖洋洋。
天伦之乐温馨满，
无须浊酒粗饭香。

欢歌

蝉噪树梢破寂静，
鸟鸣小区扫清冷。
邻里结伴购物忙，
一路欢语愈心病。

重振雄风

元宵已过春天来，
各行各业大步迈。
天公擂鼓劝抖擞，
一扫三年心阴霾。

喜气

火红灯笼挂门旁，
过节喜气映脸庞。
春联福字民族风，
过了元宵挪地方。

都市

风烟清雾罩城乡，
海燕白鸥掠浦江。
游子返沪增活力，
车水马龙又繁忙。

湿衣

傍晚自由骑，
夏风梅雨滴。
欢畅购物归，
岂顾身湿衣。

雷雨

今晨忽惊雷电闪，
遭遇暴雨浇头惨。
冲刷多日药消杀，
行人顿时鸟兽散。

出行

夏至桃李果熟时，
梅雨潇潇涨荷池。
午后暴热凶神降，
刚能出门遭暑击。

老牙自哂

羡君牙齿牢且洁，
牛肉硬豆似刀截。
吾今牙齿换五颗，
食用荤素还便捷。

午睡

午睡蝉鸣催蒙眬，
忽闻雷声正轰隆。
今年暑热创奇迹，
翁媪出行念成空。

暑怨

街上人稀道树蔫，
汗衣湿透寻阴钻。
切莫冷眼仇赤日，
秋季丰登伊要关。

佳节

每逢佳节倍思亲，
走亲访友心连心。
同根同事皆缘分，
桂香金秋交往频。

开学

楼楼褪暑吐热气，
叶叶回神枯在即。
学子终于回校舍，
雄风重振可预期。

旱情

月下百花均烫伤，
落英岂知蝶断肠。
高温少雨连两月，
全球名河露底床。

岸舞

夜来黄浦观灯舟，
秋虎客多乘凉谋。
广场舞中多妇女，
亦见倜傥数老头。

翻篇

赤日炎炎太冗长，
万物烈旱皆灼伤。
今晨终遇清风送，
断崖翻篇遂心肠。

赞高鸣

——为其出文集而作

高鸣勤奋成高产，

谱曲红楼超越难。

沪闽耕耘硕果多，

梨园泰斗人人赞。

巨变

月前出门进烤房，

当下外出秋风凉。

申城今夏气候差，

旱灾之后巨福尝。

如醉

醉翁之意不在酒，
美秋对酌会好友。
夜景杜康喜难禁，
绕江三匝看不够。

治喉痛良方

橙子一个切成丁，
南山院士献秘方。
放些精盐蒸半时，
全部吃下效果棒。

秉德

牡丹金菊常梦中，
莲藕香飘池塘空。
人生浮沉必遇事，
唯有秉德永称雄。

"梅花"[1] 逼近

中秋刚过滂沱雨，
梅花将至惊加剧。
百舸停航躲港湾，
千万游子回家聚。

---

[1] "梅花"是 2022 年台风的名称。

雄风

东海扬波驱咸潮，
高楼笑迎寒侵霄。
能源新车千轮送，
重振雄风在今朝。

迎国庆

申江秋来风景异，
萨管悠悠菊满地。
行人靓装国庆迎，
逛街购物溢笑意。

佳节吟

惊涛拍岸千堆雪，
中华复兴胸膛热。
丰衣足食庆小康，
醇酒一樽酹江月。

赞飞船课堂

自古逢秋悲寒到，
其实丰登将愁抛。
晴空雁阵排云上，
更喜课堂设碧霄。

心广

申城九月秋如锦，
晓露初晞暑散尽。
五谷丰登桂花香，
心地宽广甚带劲。

反哺

辛勤十几载，
母瘦雏渐肥。
毋忘父母恩，
反哺孝心辉。

外滩雾罩

雾罩外滩黄山景，
高楼大厦成云岭。
天变戏法惊全球，
魔都瞬间变仙境。

眺南浦

夜深人静眺竖琴，
秋来寒至聚弦霜。
巨轮默默桥下过，
江畔情侣似鸳鸯。

贺进博会 [1]

百里浦江映夕阳，
万幢高楼面秋霜。
进博重启阴霾扫，
九州腾飞添翅膀。

进博放歌

百艘游艇歌明月，
千对情侣逛展场。
今秋迎来全球客，
万国好物购销忙。

---

[1] 中国国际进口博览会的简称。

贺航天新成就

冬雨意欲冻江南，
寒雪难封九州暖。
人民感慨高科技，
六将会师空间站。

花灯

新年临近展花灯，
五彩缤纷谷丰登。
共盼国家诸事好，
百姓安乐万马腾。

老少殊异

千里北风入晚扉，
无边乌云天四垂。
后生相聚评赛事，
老人抱怨少人陪。

自哂

熬夜观世赛，
最终看点球。
早知是如此，
何必弃睡休？

赞钧华孤身采风

采风远涉边寨游，
绝顶遍览峻岭秋。
老骥不畏途艰险，
鸿鹄壮志遣孤忧。

盼

蓝天白云美交融，
映日莲花分外红。
雀蝉对鸣成交响，
期盼两岸红彤彤。

大桥之态

长云遮日斜，
白鸥绕巨轮。
南浦傲冰霜，
笑看浪翻滚。

雾霾

雾霾满城吞高楼，
灰云漫天遮日头。
人生旅途亦如此，
心善勤学清醒走。

悼马科导演 [1]

"曹杨"名剧天下赞，
千古哲理内深含。
伟人评价扭乾坤，
马导丰碑超越难。

扫旧迎新

扫除茅舍涤尘嚣，
燃香合十病毒消。
万众迎春送旧岁，
来年吉祥始今宵。

---

[1] 京剧《曹操与杨修》导演马科先生于 2023 年 1 月 14 日逝世，享年 93 岁。

陆家嘴

江流回转绕珠塔，
琼楼玉宇落天下。
巨轮争流无鸣笛，
月照仙境颇潇洒。

观救人新闻

冬去春来冰河融，
莽汉不慎掉窟窿。
消防战士合力救，
挽救生命吾动容。

读报

青年后生少看报，
微信视频成了宝。
良莠杂糅须明辨，
莫被假象拉了跑。

盼太阳

太阳出来喜洋洋，
驱逐阴雨见日光。
衣服连日晒不干，
不能遛弯难觉爽。

打扫

挥动拖把打扫地，
寒舍明亮赖荡涤。
如若心灵亦如此，
家庭和睦添喜气。

甩手

为防腰酸和痴呆，
甩手转腰五十下。
青云之志当不坠，
红光满面看晚霞。

听报告

军事报告长知识，
胜过江南诸美食。
醍醐灌顶频点首，
爱国豪情胸中持。

过南浦

天地灰色江静流，
两岸公园绿油油。
魔都发力可预期，
无奈活力积蓄久。

吸尘

家里有台吸尘器，
每天早上将尘吸。
心灵难免受污染，
读书三省重学习。

相册

记录童年记青春，
拍下恋爱摄结婚。
赡养父母育后代，
传承家风赖子孙。

贺春之雨剧社诞生

润物有声"春之雨",
满足学子文学需。
倾心浇灌百花园,
传播正能享美誉。

扫墓

祖墓碑前深深拜,
感恩心语源源来。
绵绵血脉浓于水,
滴滴泪花沾两腮。

讲课

年逾古稀返讲台，
一晃将近五十载。
面对俊才论天下，
青云之志胸中埋。

童心

人活七十不稀奇，
保持童心胜药医。
天天快乐勤劳作，
莫让忧愁头上骑。

祝贺小翁获白玉兰表演艺术配角奖

小翁双杰真厉害，
甘作嫁衣四十载。
配角榜首今铸成，
辉煌业绩辛苦来。

治沙降排

天气渐热沙尘来，
又见天空布黄霾。
全球各国携起手，
共治荒漠降碳排。

芯片

好似机器装脑袋，
无所不能现未来。
如今西方想封锁，
美梦难成早晚栽。

电商

大多靠谱供货忙，
公道方便惠八方。
个别吹牛售伪劣，
多行不义惨下场。

拥挤

最挤菜场和医院，
天天熙攘人头攒。
生存健康仰赖它，
便民完善百姓赞。

贺长者食堂开张

长者食堂建成开，
邻居老人纷纷来。
价廉物美菜丰富，
周边居民乐开怀。

长安扬帆

张骞唐僧游西域，
结缘中亚增友谊。
暮春长安又扬帆，
中欧班列来往密。

夜趣

广场劲舞为减肥，
青蛙打嗝争是非。
鸟雀开会扰静月，
蚊子嗡嗡绕耳飞。

贺 C919 商飞成功

鲲鹏展翅三千里，
长江黄河收眼底。
扬眉吐气轩辕后，
抹泪庆贺新佳绩！

登月

琼楼玉宇不胜寒，
中华儿女来其间。
为了造福全人类，
科技高峰勇登攀。

华夏文人

文人咏月更吟风，
其实内心怀轩辕。
怀念屈子和岳飞，
磨穿石砚写诗篇。

忆童年乘凉

黄昏弄口乘凉地，
摆满竹榻和藤椅。
摇着蒲扇吃棒冰，
山胡声到露晨曦。

大热天

退休人员可乘凉，
赤膊吃瓜喝梅汤。
汗湿骑手在穿梭，
浃背环卫扫街忙。

忆高考

四十五年前高考，
又能读书进学校。
喜遇改革开放年，
昂首阔步阳光道。

看群众会演有感

歌舞走秀披霓裳，
千姿百态正能量。
重阳登台老来青，
惜乎身材略显胖。

不忮不求

风物长宜心放宽，
不忮不求文人愿。
毕生仁善著文章，
笑看天云时变幻。

心灵降温

酷暑连月实难耐，
翻读书籍烦恼掰。
世事变幻付笑谈，
心定自然凉风来。

拓宽马路

上海到处拓马路，
方便交通解拥堵。
工程浩大市民喜，
深远目光乃魔都。

乘地铁

上车都喜看手机，
清洁明亮真迅疾。
四通八达少老人，
夏季实乃避暑地。

花妖

花妖之歌爆乐坛，
如泣如诉泪满腮。
跨越千年苦恋情，
听了万遍不觉烦。

刀郎的歌

流行歌曲少浏览，
罗刹系列震心田。
亦俗亦雅传全球，
苍凉戏谑品一番。

书 展

书中自有精神塔，
内涵金点待深发。
魔都有容办书展，
莘莘学子乐哈哈。

参加书展

十万学人逛书展，
书海无涯感汗颜。
现今诚然世浮躁，
多见携子太震撼。

新书发布会有感

《我的心愿》今发行，
总结婚介满真情。
倾力社会补短板，
搭建爱桥可真拼！

京剧社

友人成立京剧社，
愿当文化坚守者。
开放不应弃传统，
复兴仰赖国粹热。

亚运

亚运举办在杭城，
西子天堂其美称。
祝愿后生创佳绩，
突破纪录如井喷。

智能杭城

亚运举办在杭城，
智能科技到处呈。
体育健儿醉江南，
世界赞美中国风。

亚运开幕

钱江掀起体育潮，
恢宏大气科幻涛。
美不胜收赛西子，
亚洲崛起领风骚。

杭州亚运

杭州柔若美西施，
如今竞赛无限激。
中华儿女摘桂冠，
一骑绝尘世叹奇。

各显神通

杭州离沪四百里，
各有千秋风景异。
亚运鏖战正激烈，
魔都魅力将睛吸。

访友 · 之一

别墅娇似牡丹花，
姹紫嫣红绕其家。
友人勤奋又聪明，
堪比欧洲胜美加。

访友 · 之二

节日特意避景点，
驱车访友九龙山。
惠风和畅春光美，
万花竞艳空气鲜。

尾声

双节热闹进尾声，
放松自我搭东风。
国内海外景色美，
回家创业攀高峰。

摄月

秋风吹尽夹衣裹，
金色婵娟浦江过。
月盈月亏魔幻变，
今宵外滩摄影多。

雁

兄弟姐妹今健否？
阡陌举目雁南归。
父母养汝九千日，
儿女反哺实在微。

跬步

江海成就靠水滴，
不积跬步难千里。
成功人士亦同样，
认准目标须努力。

换季

老天换季翻篇易，
喧豗暴雨驱暑离。
勒令秋风变萧瑟，
葱绿草木渐倦疲。

节后啖饼之叹

亲友赠吾多月饼，
美食只能进柜冰。
其中好意浓浓裹，
渐食渐思所含情。

忆高考

四十五年前高考，
又能读书进学校。
喜遇改革开放年，
昂首阔步阳光道。

后记

　　疫情暴发后，各种活动和应酬少了，我反而赢得了大量写作时间，也可抽身去参加文学活动了。比如，2021年秋，我和另外两所大学的教授被上海作协派去新疆克拉玛依市做了四次文学讲演；2022年年底，我又去浙江永康领取了首届全国儿童电影剧本创作奖。

　　2023年，好事连连。先是五月初，我的第一部长篇小说《浪迹天涯》出版，和2022年出版的中短篇小说集《风铃》一起，经过春之雨剧社宋邦春、美丽等多位青年艺术家的精心打造，现都在极具影响力的华人有声读物平台——"喜马拉雅"上播出，听众给予了热情的评论、鼓励，评分都在9.7分以上，有时甚至长居最高的10分档上，粉丝数都已超过了5万人。对此，我深为感动，非常感谢他们的辛勤付出！

　　2023年8月中旬，也就是上海最热的日子，我有幸接到两个出版社的通知，说我这两年出版的三本书将参加上海书展。

我的第一部长篇小说《浪迹天涯》是由上海文艺出版社出版的，被安排在书展的中央大厅里展销。我的中短篇小说集《风铃》和散文集《浦江遐思》，是由上海文汇出版社出版的，展位号是W-19。19日下午，烈日炎炎，来参加书展的人仍然有近十万人，展厅里显得很拥挤。尽管如此，上海老新闻工作者协会朱大建主席还是带着老记协的许多领导不辞劳苦，特地到展位上来看望、慰问我，我们还一起合了影，令我非常感动！

从2020年开始到现在，我除了每天坚持创作小说、剧本以外，还每天写一首诗，居然也积累了几百首，我就想将它们编成一部诗集。考虑到自己已年过七旬，现在已经出了十四本书，也不必再顾虑费用了。加之编辑韩老师特别热情，于是决定出版此书。我觉得，这样也挺好，可以在国内的大型图书馆上架，可能会得到更多业内专家和读者的关注和指点，听取他们的意见。

我自己觉得这些诗，虽没有范仲淹"先天下之忧而忧，后天下之乐而乐"这样大的思想格局，但也有不少关心天下大事的作品，比较多的恐怕还是一些对于身边事物的描述和人生的感悟。

在写作的技巧上，我肯定还存在许多不足，内容上还有一些值得商榷的地方。反正前面的自序里面也讲到了，权作抛砖引玉。

今后，我不会放弃每天写一首古体诗的这个习惯。现在每天早上起来第一件事，就是先写一首小诗，把自己对生活的观察、对一些事情的思考表达出来。这个习惯，既然养成了，也不会轻易地抛弃，就像我已经坚持了二十八年的体育锻炼一样——前二十年，当时自己还年轻，就坚持每天跑步；后八年，随着自己年龄的逐渐增长，就改为体力消耗比较少、不伤害膝盖的游泳锻炼。今后写古体诗，也会像游泳一样，每天坚持。就这样写下去。

最后还是那句话：希望能够得到各位专家和读者的批评指正，谢谢！

张文龙

2024 年 3 月 1 日于上海枣树斋